Perrazo y Perrito

se meten en problemas

Big Dog and Little Dog

Getting in Trouble

P9-AQQ-338

Dav Pilkey

Traducido por Carlos E. Calvo

Houghton Mifflin Harcourt

Boston New York

For information about permission to reproduce selections from this book, write to

trade.permissions@hmhco.com or to Permissions, Houghton Mifflin Harcourt Publishing Company,

3 Park Avenue, 19th Floor, New York, New York 10016

Green Light Readers ® and its logo are trademarks of HMH Publishers LLC,

registered in the United States and other countries.

hmhco.com

Library of Congress Cataloging-in-Publication Data is on file.

ISBN: 978-1-328-91749-2 paper-over-board

ISBN: 978-1-328-91510-8 paperback

Manufactured in China

SCP 10 9 8 7 6 5 4 3

4500716758

Ages	Grades	Guided Reading Level	Reading Recovery Level	Lexile® Level	Spanish Lexile
4–7	K	D	5–6	210L	200L

To Kevin Alan Libertowski

A Kevin Alan Libertowski

Big Dog wants to play.

Perrazo quiere jugar.

Little Dog wants to play, too.

Perrito también quiere jugar.

But there is nothing to play with.

Pero no tienen nada con qué jugar.

What will they play with?

¿Con qué jugarán?

Big Dog and Little Dog are playing.

Perrazo y Perrito están jugando.

They are playing with the couch.

Están jugando con el sofá.

**Big Dog and Little Dog
are having fun.**

Perrazo y Perrito
se están divirtiendo.

**Big Dog and Little Dog
are being bad.**

Perrazo y Perrito
se están portando mal.

Big Dog is making a mess.

Perrazo está haciendo un desastre.

Little Dog is making a mess.

Perrito está haciendo un desastre.

Uh-oh.

¡Oh, oh!

Big Dog is in trouble.

Little Dog is in trouble, too.

Perrazo está en problemas.

Perrito también está en problemas.

Big Dog and Little Dog are sorry.

Perrazo y Perrito piden perdón.

They will be good from now on.

A partir de ahora se portarán bien.

🐾 Spot the Differences 🐾
Encuentra las diferencias

There are eight differences between the top picture
and the bottom picture. Can you find them all?

Hay ocho diferencias entre el dibujo de arriba
y el dibujo de abajo. ¿Puedes encontrar todas?

Word Scramble
Letras mezcladas

These words from the story got mixed up! Can you unscramble them and point to the correct words in the word box? Try writing a new story with these words.

¡A estas palabras del cuento se les mezclaron las letras! ¿Puedes acomodar cada palabra y señalarla en el banco de palabras? Intenta escribir un nuevo cuento con estas palabras.

Word Box

AYPL	FUN
UCOCH	LITTLE
NFU	PLAY
DAB	COUCH
IGB	GOOD
LETLIT	BAD
DOGO	BIG

Banco de palabras

URGAJ	NADA
FSOÁ	PERRITO
ADAN	JUGAR
ALM	SOFÁ
ARRZOPE	BIEN
TRRIOPE	MAL
NIBE	PERRAZO

Dog-Libs
Learning Nouns and Verbs

Clase sober perros
Aprende sustantivos y verbos

Ask a friend to make a list of six nouns and three verbs. Use the words to complete the story. How silly is your new story?

Pídele a un amigo que escriba una lista de seis sustantivos y tres verbos en infinitivo. Dos sustantivos deben ser femeninos. Usa esas palabras para completar el cuento. ¿Es divertido tu nuevo cuento?

Noun - a person, place, or thing
Verb - an action

Sustantivo - una persona, un lugar, o una cosa
Verbo - una acción

Dogs are very playful. They will (verb)
with a (noun), a (noun), or a (noun).
Sometimes, dogs will be very bad and play
with a (noun). When they do that, they
make a big (noun). When dogs (verb),
they should not (verb) with a (noun)!

Los perros son muy juguetones. Les gusta
(verbo) con un (sustantivo), con una (sustantivo) o
con un (sustantivo). A veces los perros se
portan muy mal y juegan con un (sustantivo).
Cuando hacen eso, hacen un gran (sustantivo).
¡Cuando los perros tienen ganas de (verbo),
no deberían (verbo) con (sustantivo)!

Use the pictures to choose the missing word from the word box.

Observa los dibujos y elige la palabra que falta.
Búscala en el banco de palabras.

Big Dog wants to _____ .

Perrazo quiere _____ .

Big Dog and Little Dog are playing with the _____.

Perrazo y Perrito están jugando con el _____.

Big Dog and Little Dog are having _____ .

Perrazo y Perrito se están _____.

Big Dog and Little Dog are being _____.

Perrazo y Perrito se están portando _____.

Big Dog and Little Dog are making a **_____.**

Perrazo y Perrito están haciendo un _____.

Big Dog is in big **_____!**

¡Perrazo está en un gran _____!